Ah ! Les garçons...

Lulu est une héroïne du magazine Astrapi
Création : Bernadette Després

18 rue Barbès - 92128 Montrouge
ISBN : 978-2-7470-2744-1
Dépôt légal : septembre 2008

Imprimé en Italie

Stéphanie Duval • Marylise Morel

C'est la vie Lulu! Doc

Ah ! Les garçons...

BAYARD JEUNESSE

Ah ! Les garçons...

Sommaire

L'amour, quelle

aventure !

Lulu a du mal à se concentrer en classe :
elle pense tout le temps à Victor,
un garçon de son âge.
Elle ne sait pas comment
lui dire qu'elle l'aime bien.
Une partie de foot et un anniversaire
vont peut-être l'aider…

Lulu est amoureuse de Victor

DRIIIIIING!
Ouais!!! Trop fort!
On dirait que c'est bien parti avec Victor!
Tu crois?
Salut! Qu'est-ce que tu fais?
J'attends ma sœur, je ne sais pas ce qu'elle fabrique.
Ah, ben, moi aussi, j'attends mon frère! Mais il est toujours en retard. On s'est bien amusés tout à l'heure, hein?
Vraiment bien, oui!
Et, euh... Tu y vas, toi, chez Sarah, mercredi
Oui... Et toi, tu ne peux pas, c'est ça?
Ben, j'avais dit non, mais bon, si tu viens, je vais peut-être venir!

Fin

Et toi, ça t'est arrivé ?

Un signe qui montre que quelqu'un est amoureux, c'est que chaque fois qu'il passe devant la personne qu'il aime, il la regarde et il ne peut plus la lâcher du regard… Parfois, même, il devient tout rouge !

Olivier, 9 ans

Moi, avant, je ne regardais que la beauté extérieure, alors qu'en fait c'est surtout la beauté intérieure qui compte, c'est-à-dire le caractère, la gentillesse et l'intelligence…

Margot, 10 ans

C'est très beau, l'amour. La première fois que j'ai vu mon amoureuse, la foudre m'est tombée sur la tête. Je ne voyais plus qu'elle, c'était incroyable !

Alexandre, 11 ans et demi

Je n'ai jamais été amoureuse ! Et je n'ai pas envie que ça m'arrive, parce qu'après on est trop bizarre...

Adeline, 9 ans

Je me suis aperçue que j'aimais un garçon, parce qu'à chaque fois que je le regardais, j'étais contente !

Sarah, 10 ans

Si tu es comme Lulu...

Et toi ? Es-tu déjà tombé(e) amoureux(se) ? Qu'as-tu ressenti ?

Un sentiment puissant

Tomber amoureux(se) est une grande expérience. L'amour est un sentiment complexe. C'est un mystère que personne ne peut expliquer. Comment savoir pourquoi telle personne te plaît et pas telle autre ?… L'amour n'est pas une science, il n'obéit à aucune règle !

Des perturbations physiques

Quand tu es amoureux(se) et que tu vois ton (ta) bien-aimé(e), ton cœur bat très fort, il palpite. Tu rougis, tu bafouilles, parfois tu te mets à transpirer et tu as l'impression d'avoir la tête dans les nuages. Ton corps se transforme en un véritable laboratoire chimique, car il se met à fabriquer des hormones.

Le petit ange de l'amour

Souvent, on représente l'amour par le symbole de Cupidon, le petit ange ailé avec son arc et ses flèches d'amour. S'il en envoie une à quelqu'un, cette personne tombe amoureuse !

Une forte attirance

Tu tombes amoureux(se) de quelqu'un parce qu'il ou elle te plaît : vous avez des goûts en commun, tu apprécies son comportement, son sourire… Ses yeux ou sa fossette te font craquer, tu trouves qu'il ou elle sent bon. Bref, tu te vois bien passer de longs moments en sa compagnie ! Plus tard, quand tu seras adulte, ton amoureux(se) sera celui ou celle avec qui tu voudras vivre et peut-être avoir des enfants, fonder une famille…

Le coup de foudre

La foudre est une décharge électrique qui se produit par temps d'orage, avec une lumière et une détonation. Avoir le coup de foudre pour quelqu'un signifie en tomber subitement amoureux(se), dès la première rencontre.

L'amour apporte du bonheur

Si tu es amoureux(se), tu dois sûrement te sentir heureux(se), fort(e) et parfois un peu bizarre !

La magie amoureuse

En présence de ton amoureux(se), tu te sens bien. Parfois même ton quotidien devient merveilleux. Tu ne te sens pas comme d'habitude, tu te sens plus léger(ère), prêt(e) à t'envoler, plus fort(e) aussi, prêt(e) à déplacer des montagnes.

Toujours dans tes pensées

Tu penses énormément à la personne que tu aimes. Quand elle est là, tu te sens bizarre, tu ne peux pas t'empêcher de la regarder. Quand tu sais que tu vas la rencontrer, tu es impatient(e), tu te prépares en te faisant beau ou belle par exemple ; et, quand elle est absente, tu ressens comme un manque, un vide, tu as très envie de la revoir !

Un sentiment étonnant

Parfois, l'amour peut te changer. Tu ne te reconnais plus : avant tu étais timide, et maintenant tu es bavard(e) ; ou l'inverse : tu étais un vrai moulin à paroles, et maintenant on dirait que tu as perdu ta langue. Tu ne sais plus où tu en es !

DES PETITS MOTS DOUX

Mon beau
Ma belle

ma caille

Ma biche

Mon amour

MON ♡

mon mignon
ma mignonne

MON CHÉRI
MA CHÉRIE

MON CHOU

MA JOLIE
MON JOLI

mon ange

MON BISOU

Mon Roi
Ma REINE

mon poussin

mon lapin

MON PRINCE
MA PRINCESSE

MON TRESOR

À toi d'en trouver d'autres !

Quelle inquiétude aussi !

L'amour est imprévisible. Parfois ce sentiment entraîne beaucoup d'interrogations...

Des questions plein la tête

Tomber amoureux(se) provoque aussi beaucoup de questions. C'est vrai qu'aimer comporte des incertitudes : comment cela va-t-il se passer ? Comment se le dire ? L'amour va-t-il durer ? Comment faire si l'on ne peut plus se passer de l'autre ? Et si l'on se fâche ? Et si ça s'arrête ?

L'amour nous dépasse

En fait, personne ne décide de tomber amoureux(se). Cela arrive sans qu'on ait rien demandé ! On ne choisit ni la personne ni le moment. C'est comme si l'amour était au-dessus de tout. Cela permet de comprendre et d'accepter qu'on ne maîtrise pas tout dans la vie, en particulier ses sentiments !

La fête de la Saint-Valentin

Le 14 février, c'est la Saint-Valentin. Aujourd'hui, on dit que c'est la fête des amoureux mais, au départ, c'était plutôt celle des célibataires.
Dans les villages, les femmes seules se cachaient et les hommes non mariés partaient à leur recherche. Les couples qui se formaient à cette occasion devaient passer devant le maire et le curé dans l'année !

Des couples mythiques

Roméo et Juliette sont les héros d'une tragédie écrite par William Shakespeare. Ce sont les enfants de deux familles rivales. Ils tombent amoureux l'un de l'autre et se marient en cachette. Mais Juliette doit en épouser un autre. Elle se fait passer pour morte. De tristesse, Roméo se suicide. Juliette se tue elle aussi. Les familles désespérées apprennent la vérité, se réconcilient et élèvent une statue en mémoire des amoureux.

L'histoire d'**Ulysse et Pénélope** est tirée de la mythologie grecque. Pénélope est une femme très belle qu'Ulysse a épousée. Mais il part à la guerre et s'absente pendant vingt ans ! Les prétendants pour le remplacer sont nombreux. Pénélope déclare qu'elle restera fidèle à son mari tant qu'elle n'aura pas terminé de tisser une toile. La nuit, elle la défait pour ne jamais la terminer.
Au retour d'Ulysse, c'est la fête !

Un sentiment pas toujours partagé !

Léo est dans la classe de Lulu.
Un peu amoureux d'elle,
il n'arrête pas de la suivre et de l'embêter.
Lulu en a assez ! Mais elle ne sait pas
comment le lui faire comprendre.
Sa mère lui conseille de lui parler...

Encore lui !

Lulu a un copain collant

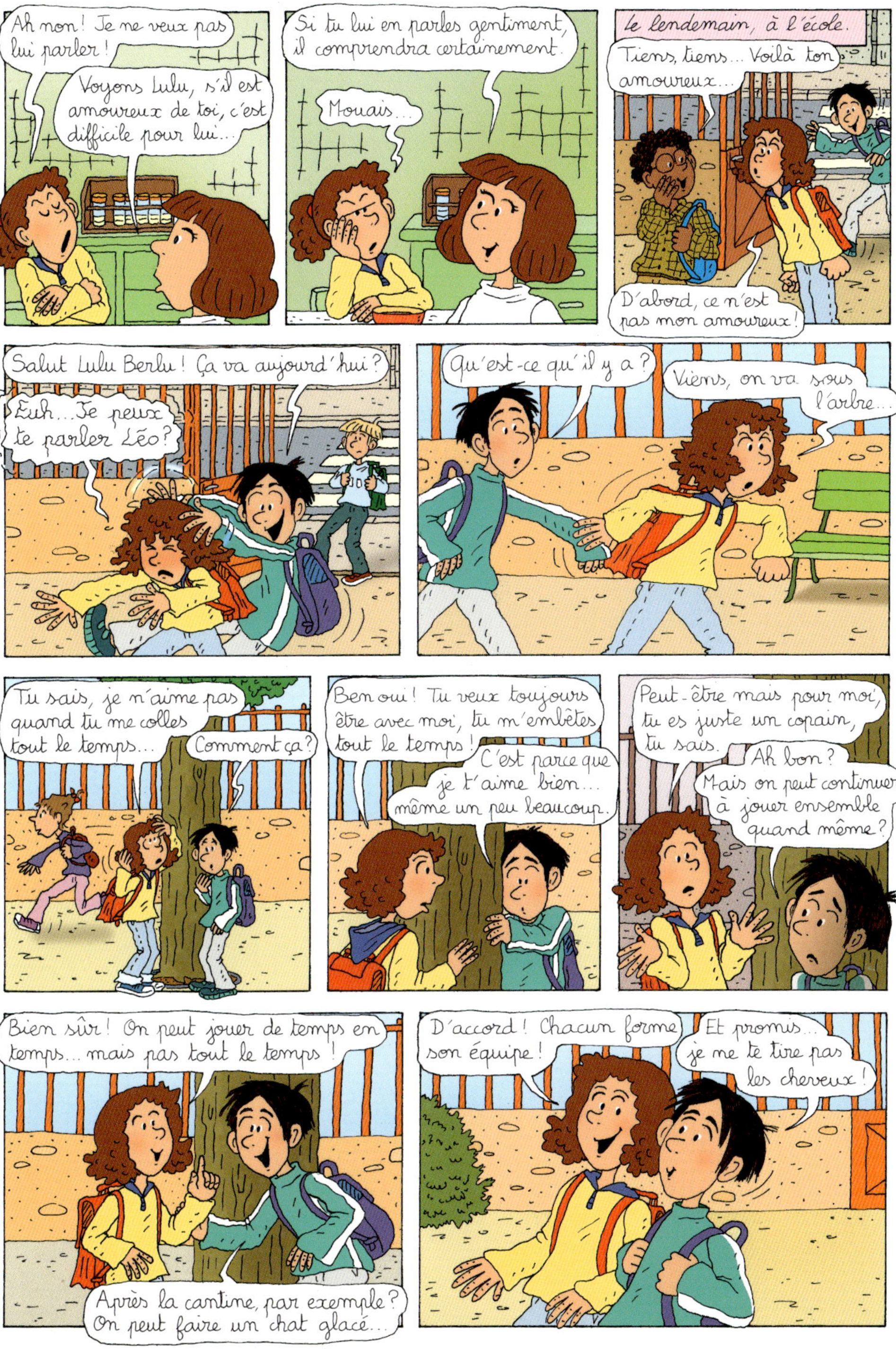
Ah non ! Je ne veux pas lui parler !
Voyons Lulu, s'il est amoureux de toi, c'est difficile pour lui...
Si tu lui en parles gentiment, il comprendra certainement.
Mouais...
Le lendemain, à l'école.
Tiens, tiens... Voilà ton amoureux...
D'abord, ce n'est pas mon amoureux !
Salut Lulu Berlu ! Ça va aujourd'hui ?
Euh... Je peux te parler Léo ?
Qu'est-ce qu'il y a ?
Viens, on va sous l'arbre...
Tu sais, je n'aime pas quand tu me colles tout le temps...
Comment ça ?
Ben oui ! Tu veux toujours être avec moi, tu m'embêtes tout le temps !
C'est parce que je t'aime bien... même un peu beaucoup.
Peut-être mais pour moi, tu es juste un copain, tu sais.
Ah bon ? Mais on peut continuer à jouer ensemble quand même ?
Bien sûr ! On peut jouer de temps en temps... mais pas tout le temps !
Après la cantine, par exemple ? On peut faire un chat glacé...
D'accord ! Chacun forme son équipe !
Et promis... je ne te tire pas les cheveux !

Et toi, ça t'est arrivé ?

La première fois que j'ai vu Chloé, j'ai craqué, car elle est trop belle. Depuis, je suis amoureux d'elle. Je sais qu'elle me déteste, mais je ne peux vraiment rien y faire, je l'aime trop !

Romain, 10 ans et demi

Moi, je suis victime d'un garçon qui me colle depuis trois ans. il fait tout pour que je le remarque, il n'arrête pas de m'embêter et il me donne même des coups de pied ! J'ai beau lui dire que je ne l'aime pas, il continue...

Amélie, 10 ans

J'ai un copain qui n'arrête pas de coller une fille parce qu'il l'aime. Mais je comprends que la fille le fuit, car il s'y prend vraiment très mal.

Thomas, 9 ans et demi

Quand on aime quelqu'un, on a envie d'être avec lui. On ne se rend pas toujours compte qu'on l'embête...

Laura, 9 ans

Une fois, j'ai dit à une fille qui me collait d'arrêter, mais elle s'est mise à pleurer. Je ne savais pas quoi faire, parce qu'elle était triste...

Malek, 10 ans

Si tu es comme Lulu...

Et toi ? As-tu déjà été embêté(e) par une fille ou un garçon qui t'aimait ? Qu'as-tu fait ?

Une manière de séduire

Quelqu'un de collant peut tout simplement être amoureux. Certes, cette façon de se comporter est maladroite, mais c'est le seul moyen qu'il ou elle a trouvé pour se faire remarquer et montrer ses sentiments. En agissant ainsi, cette personne pense pouvoir séduire.

Des premiers pas difficiles

Déclarer sa flamme, l'exprimer par des mots n'est pas facile ! L'amoureux(se) peut avoir peur de se dévoiler, de dire ses sentiments, par timidité ou crainte des autres. Moqueries, indifférence, rejet... ce n'est pas agréable à vivre. Avouer ce qu'on ressent intimement, c'est un peu comme se mettre à nu, c'est difficile !

Un désir de partage

Celui ou celle qui aime quelqu'un espère très fort que son sentiment sera partagé par l'élu(e) de son cœur. Quand ce n'est pas le cas, cela peut rendre très triste et déclencher des larmes. Mais cela ne doit pas empêcher de devenir ou de rester amis et de se respecter !

MILLE FAÇONS DE DIRE « JE T'AIME »

Offrir un petit cadeau, des bonbons, une fleur…

Écrire un poème, un petit mot ou une lettre d'amour

Composer une chanson

Déclarer son amour par l'intermédiaire de la copine ou du copain de l'amoureux(se)

Rendre de petits services à l'être aimé

Lancer des regards enflammés

Faire son plus beau sourire…

Quand les sentiments ne sont pas partagés

Il vaut mieux exprimer ce que tu ressens dans ton cœur même si cela ne fait pas plaisir…

Dire ce que tu penses

Si tu ne ressens pas de sentiment amoureux, il vaut mieux le dire tout de suite à la personne. Il ne s'agit pas d'être méchant et désagréable, mais tout simplement honnête et respectueux. Ainsi peut-être arrêtera-t-elle de t'embêter.

Parler avec douceur

Tout d'abord, il est très important de prendre à part celui ou celle qui te « colle ». Ne lui dis pas ce que tu penses devant tous les copains, cela peut être très vexant. Dis-lui gentiment que tu ne l'aimes pas d'amour et que tu voudrais bien qu'il ou elle te laisse tranquille.

L'amour peut faire souffrir

Parfois, l'amour peut faire mal, surtout quand il n'est pas partagé. Mais, avec le temps, on finit par oublier. Et puis il vaut mieux savoir la vérité même si c'est dur à entendre, plutôt que d'espérer quelque chose qui ne viendra jamais.

PETITES PHRASES SUR L'AMOUR

L'amour est aveugle : quand on est très très amoureux, on ne voit pas les défauts de l'autre.

Vivre d'amour et d'eau fraîche : quand on aime très fort quelqu'un, on n'a besoin de rien d'autre pour vivre à part de l'eau !

On appelle « amoureux » celui qui, en courant sur la neige, ne laisse point de traces de ses pas (proverbe turc) : quand on est amoureux, on est tellement léger que l'on ne marche pas, on vole !

« Aimer, ce n'est pas se regarder l'un l'autre, c'est regarder ensemble dans la même direction », (Saint-Éxupéry) : aimer, c'est partager les mêmes valeurs, échanger des idées et non pas faire tout comme l'autre.

Vie sans amour, année sans été (proverbe suédois) : sans amour, c'est comme s'il n'y avait pas de soleil ni de chaleur dans notre vie.

Et du côté

Les animaux aussi cherchent à séduire leur futur partenaire. Ils lancent des messages d'amour, et cela donne parfois de drôles de parades !

Le poisson qui clignote

Chez le poisson Porichtys, la femelle s'illumine quand elle est prête à s'accoupler. Le mâle la repère, grogne et se met à clignoter. Du gris, il passe au rose lumineux : un festival de couleurs !

Les sauts de la baleine

Dame baleine a du succès. À la saison des amours, plusieurs mâles essaient de l'épater en faisant des bonds hors de l'eau. Pour finir, elle choisit celui qui fait le saut le plus spectaculaire !

des animaux ?

Chaque espèce a sa manière de la faire… C'est comme cela que les femelles repèrent les bons compagnons.

La danse de l'autruche

Monsieur autruche se dandine et montre à sa belle ses grandes plumes noires et blanches ainsi que son cou et ses pattes rougis. Si la femelle baisse les ailes et la tête : c'est gagné, l'opération de séduction a fonctionné !

La pince du crabe

Posté à l'entrée de son terrier, le crabe violoniste essaie d'attirer l'attention de la femelle en agitant son énorme pince. Si dame crabe est impressionnée, elle le rejoindra dans sa cachette…

Les bruits de l'oiseau-lyre

L'oiseau-lyre déploie sa magnifique queue au-dessus de sa tête et imite les bruits de la nature. Plus son répertoire est large, plus il a de chance de charmer la femelle !

Garder un secret ou le confier ?

Chuuttt !

Tim est amoureux de Laura.
Lulu et Élodie s'en aperçoivent.
Elles arrivent à recueillir
les confidences de leur copain
et lui donnent quelques conseils.
Tim leur demande de ne pas se
moquer de lui et de garder le secret...

Attention, j'arrive !
Hi ! Hi ! Hi ! Il ne nous trouvera jamais ici !
Chut !
DRING !
Bonjour, je viens vous rendre votre livre...
Ah, merci. Laura, comme tu as grandi !
Bonjour madame...
Salut Tim !
Salut...
Ben alors, qu'est-ce que tu fabriques ?
Tu ne joues plus ou quoi ?
Ah, salut Laura !
Tu la connais, Laura ?
Euh, un peu... Elle fait du judo avec moi...
Ça va Tim, tu as l'air tout bizarre ?
Moi, je crois que Tim est amoureux !
M... mais non, pas du tout ! Tu dis n'importe quoi !
Tu peux nous le dire à nous, on est tes copines...
Vous ne le répétez à personne, hein ! Même Laura, elle ne le sait pas... Je n'ose pas lui dire...
Tu peux compter sur nous ! Pfff !
Tu pourrais lui écrire une lettre, ou un petit poème...

Tu parles ! Elle va se moquer de moi...
Pas du tout ! Ça fait toujours plaisir d'avoir une gentille lettre.
Au moins, comme ça, tu sauras si elle t'aime ou non !
Moi, je suis presque sûr qu'elle m'aime bien : elle veut toujours se mettre avec moi, au judo...
Ça, c'est bon signe !
C'est trop mignon !
Qui veut un bon goûter ?
Moi !
Ce n'est pas marrant de se moquer des amoureux...
Pfff... Oh là là, tu n'es pas drôle !
Hum... Super bonne, cette confiture !
DRIIIINNG !
Je réponds !
Ça, c'est sûrement Julien...
C'est son amoureux !
Ouiiiii ? Ah, oui, j'adoooore...
Pfffff !! Hi ! Hi !
Ce n'est pas bien de se moquer des amoureux !

Fin

Et toi, ça t'est arrivé ?

Avec mon meilleur copain, on se dit tout, même pour les amoureuses ! Je sais qu'il gardera le secret. Et ça fait du bien d'en parler à quelqu'un !

Antoine, 11

Une fois, il y a un garçon qui m'a écrit une lettre d'amour. Je ne l'aimais pas mais j'avais une copine qui, elle, l'aimait. Quand je lui ai montré la lettre, elle s'est fâchée... J'aurais mieux fait de ne pas lui dire car, pour moi, l'amitié, c'est plus important que l'amour !

Louise, 9 ans et demi

Moi, j'en parle avec mes copines ou avec ma grande sœur. Comme ça, elles me donnent des conseils…

Léa, 9 ans

Moi, je ne veux pas le dire parce que tout le monde se moque : «Oh, les amoureux !» et ça m'énerve !

Lucas, 7 ans

Comme je suis très timide, quand je suis amoureuse, je n'en parle pas. Je le garde pour moi et ça me suffit d'imaginer que peut-être, un jour, il m'aimera.

Morgane, 10 ans

Si tu es comme Tim...

Et toi ? As-tu déjà confié à quelqu'un que tu étais amoureux(se) ? Que s'est-il passé ?

Top secret

Amoureux(se) de quelqu'un ? Tu préfères garder ce que tu ressens pour toi-même et n'en parler à personne. Tu penses que cela ne servirait à rien de le dire. Tu as même peur que les autres se moquent de toi. Pourvu qu'ils ne l'apprennent pas, sinon ils profiteraient de ta situation de faiblesse…
Alors tu laisses le secret bien au chaud dans ton cœur.

Peur des moqueries

Tu es à un âge où l'on se moque facilement des uns ou des autres. Tu as peur que cela t'arrive si tu déclares ta flamme. Pourquoi les copains se moqueraient-ils de toi ? Parce qu'ils seraient jaloux ? Parce qu'ils auraient peur que tu les délaisses ? Parce qu'ils ne connaissent rien à ce sentiment ? Est-ce qu'on rigole des grands quand ils sont amoureux ?

Un choix personnel

Tu as tout à fait le droit d'être amoureux(se) ! Et tu peux aussi garder cette émotion secrète. Chacun est libre de vivre cela comme il le souhaite. Par contre, si les autres l'apprennent, n'aie pas peur. Il n'y a absolument aucune honte à ressentir. Tu peux même être fier(ère) d'éprouver ce sentiment !

PETIT TOUR DU MONDE DES « JE T'AIME ! »

« Chi pa de » en birman

« Eu te amo » en brésilien

« Mae tumko pyar kia » en hindi

« Maite zaitut » en basque

« I love you » en anglais

« Te quiero » en espagnol

« J't'aquiers » en chti

« Naku enda » en swahili

« Da garan » en breton

« Ich liebe dich » en allemand

« Asavakit » en groenlandais

« Techihhila » en sioux

« Na kirinla gaguidou » en tibétain

« Kanbghik » en algérien

« Ya lioubliou tiebia » en russe

Un secret à partager

Parler de tes sentiments intimes à quelqu'un de confiance peut te faire beaucoup de bien.

Envie de le dire

Tu es amoureux(se) et ce sentiment te donne des ailes. Tu te sens bien et tu as envie de dire à quelqu'un ce que tu éprouves. Quand on est heureux, comme quand on est triste, on a souvent besoin de partager ses émotions. Certains même ont envie de crier leur bonheur au reste du monde !

Une preuve de confiance

Pour éviter les moqueries de tes camarades, il est plutôt conseillé de te confier à quelqu'un de proche, qui te connaît bien. Il s'agit de tes sentiments intimes, il est donc préférable que tu les dévoiles à une personne de confiance : un(e) très bon(ne) ami(e), un membre de ta famille…

Un soulagement

Il est parfois difficile de garder ce genre de secret pour soi. En le partageant avec quelqu'un, tu ressentiras peut-être une sorte de soulagement. Tu auras comme un poids en moins. Car tu exprimeras la cause de ton bonheur et peut-être de tes doutes. Cette personne pourra t'aider et te donner des conseils, si tu le souhaites…

Les histoires d'amour dans les contes

Cendrillon va au bal dans une citrouille transformée en carrosse. Une nuit, elle perd sa pantoufle de vair. Le prince des lieux, ébloui par la beauté de la jeune fille, décide d'épouser la personne qui enfilera la chaussure qu'il a gardée. Cendrillon sera l'heureuse élue…

La Belle au bois dormant dort depuis cent ans. Une méchante fée qui n'avait pas été invitée à son baptême lui a jeté un sort. Heureusement, un prince découvre le château, ses occupants et surtout la dormeuse. La belle est réveillée par un baiser du prince charmant…

Blanche-Neige est empoisonnée par une mauvaise pomme offerte par sa belle-mère, jalouse de sa beauté. Les sept nains prennent soin d'elle jusqu'à la venue d'un prince, qui tombe amoureux de la belle et la sauve de la mort…

Peau d'âne est la plus belle fille de sa région. Pour échapper à son père, elle se déguise avec une peau de bête. Mais, un jour, un prince voit la beauté de la jeune personne et fait tout pour la retrouver. C'est la bague de la belle, tombée dans un gâteau, qui va le lui permettre.

L'amour, toujours l'amour…

Depuis toujours, les fleurs sont associées à ce sentiment merveilleux.

Combien il/elle m'aime ? Combien je l'aime ?

Quelle est la dose d'amour entre deux personnes ?
La légende populaire dit que c'est une fleur, la marguerite, qui le sait.
Alors, toi aussi, questionne-la !
Cueille une marguerite et effeuille-la.
Au premier pétale enlevé, dis à haute voix :

Je l'aime (ou il/elle m'aime)… **un peu**
Au deuxième : **beaucoup**
Au troisième : **passionnément**
Puis : **à la folie…**
Et : **pas du tout…**

Recommence jusqu'au dernier pétale, qui te donnera la réponse. Mais, surtout, ne prends pas cela trop au sérieux, ce n'est qu'un jeu !

Le langage des fleurs

Il est dit qu'en offrant des fleurs, on transmet un message particulier à leur destinataire. Zoom sur quelques émotions :

Belle-de-jour : vous êtes une coquette

Bouton-d'or : ne vous moquez pas de moi !

Camélia : je vous aimerai toujours

Gardénia : je vous aime en secret

Jasmin blanc : notre amour sera si doux

Jasmin jaune : notre amour sera passionné

Jasmin rouge : notre amour sera de la folie

Jonquille : je languis d'amour

Marguerite : m'aimez-vous ?

Myosotis : ne m'oubliez pas

Rose : comme vous êtes belle
et comme je vous aime !

Toi aussi, invente ton langage fleuri, imagine une fleur et une pensée pour ton amoureux(se).

JEU-TEST : AMI(E)

1 - CE QUI TE PLAÎT CHEZ LUI/ELLE...

- □ Il ou elle est sympa.
- ○ Il ou elle est trop mignon(ne).
- △ Il ou elle est drôle, intelligent(e), beau (belle).

2 - QUAND TU ES EN SA PRÉSENCE, QUE RESSENS-TU ?

- △ Ton cœur se met à palpiter et tu n'as plus de voix.
- □ Tu es content(e), tu cherches à lui parler.
- ○ Tu rougis un peu, tu lui souris.

3 - QUAND TU NE LE/LA VOIS PAS DE LA JOURNÉE...

- ○ Tu as hâte de le/la revoir.
- △ Tu trouves que c'est une journée triste et inintéressante.
- □ Tu te demandes où il/elle peut bien être.

4 - SI TU L'APERÇOIS...

- △ Tu te mets à transpirer.
- □ Tu t'en fiches.
- ○ Tu le/la regardes.

OU AMOUREUX(SE) ?

5 - SI TU AS RENDEZ-VOUS AVEC LUI/ELLE...

□ Tu veux lui montrer ta nouvelle collection de timbres.
△ Tu te fais belle/beau et tu te parfumes.
○ Tu te répètes les meilleures blagues à lui raconter.

6 - À QUEL MOMENT PENSES-TU À LUI/ELLE ?

○ Avant de t'endormir.
△ Toute la journée.
□ Pendant la récréation.

7 - QUAND TU PENSES À LUI/ELLE, TU T'IMAGINES...

○ Dansant et rigolant avec lui/elle.
□ Discutant télé ou ciné.
△ Le/la serrant dans tes bras.

8 - LES VACANCES D'ÉTÉ ARRIVENT : DEUX LONGS MOIS D'ABSENCE...

○ Tu vas lui écrire et lui ramener un souvenir.
△ Ça va être l'horreur : tout ce temps sans se voir !
□ Deux mois ? Allez, ça va vite passer !

9 - SI IL/ELLE TE DÉCLARE SON AMOUR...

□ Tu es désolé(e), peut-être même déçu(e).
○ C'est une belle surprise, tu ne t'y attendais pas du tout.
△ Youpi ! La vie est trop géniale !

Résultats du Jeu-test

Si tu as une majorité de △

Tu es très amoureux(se). Ton cœur bat fort pour cette personne. Il est peut-être temps de te déclarer…

Si tu as une majorité de ○

Tu es un peu amoureux(se). Tu te sens bien avec cette personne, mais tu préfères garder ton amour secret…

Si tu as une majorité de □

Tu as beaucoup d'affection pour cette personne. C'est un(e) ami(e) cher (chère) qui compte énormément pour toi.

C'est la vie Lulu!
J'ai honte de ce que j'ai fait
Je déteste être timide
On se moque de
Bayard Poche
Des petits documentaires
Trois BD, des témoignages
et plein d'infos pour gérer
au mieux la situation !
© Marylise Morel

Des romans,
suivis de conseils malins,
pour mieux vivre les petits soucis
de la vie quotidienne.
C'est la vie Lulu !
J'ai le trac
Florence Dutruc-Rosset • Marylise Morel
C'est la vie Lulu !
Je suis rackettée
Florence Dutruc-Rosset • Marylise Morel
C'est la vie Lulu !
Je me fais toujours gronder
C'est la vie Lulu !
Je suis amoureuse !
Bayard Poche
Stéphanie Duval • Marylise Morel
C'est la vie Lulu ! Doc.
L'école, c'est pas si facile !
Difficultés en classe
Mauvaises notes
Devoirs à la maison
Bayard Jeunesse
Stéphanie Duval • Marylise Morel
C'est la vie Lulu ! Doc.
Ah ! Les garçons...
Sentiments
Émotions
Confidences
Bayard Jeunesse
bayard
Lulu est un personnage du magazine
astrapi